Antonio Prata

ilustrações de
Laerte

editora 34

Era uma vez uma princesa que viveu feliz para sempre. Ah, ela nunca vai esquecer o primeiro dia em que viveu feliz para sempre! Acordou ao lado do seu príncipe encantado só quando não tinha mais nem um tiquinho de sono para aproveitar, abriu a janela do quarto lá no alto do castelo e deu de cara com o dia mais lindo que já fez num conto de fadas. O sol brilhava bem forte no meio do céu azul e uma única nuvenzinha passava num canto, caso eles quisessem deitar na grama e brincar de adivinhar as figuras.

E foi isso mesmo que eles fizeram. Correram pro gramado, deitaram e ficaram lá, de papo pro ar, comendo bolo de chocolate com sorvete de creme e dizendo o que viam na nuvem:
— Um urso!
— Uma locomotiva!
— Uma bota engraçada!
— O cabelo da vovó quando acorda!
— Um pirulito mordido!
— Uma dentadura banguela!

O príncipe e a princesa passaram o dia todo brincando, cantando, montando a cavalo, andando de bicicleta, tomando banho de cachoeira, fazendo guerra de frutas no pomar e se divertiram muito. À noite, depois de um jantar só de sobremesa, o filme preferido deles passou num telão, e foram pra cama contentes, sem nem ter que escovar os dentes, porque quando a gente é feliz para sempre os dentes são autolimpantes. Dormiram abraçadinhos, torcendo para que o dia seguinte fosse igual ao anterior.

E não é que foi? Eles acordaram só quando não tinham mais nem um tiquinho de sono para aproveitar, abriram a janela do quarto lá no alto do castelo e deram de cara com o dia mais lindo que já fez num conto de fadas. O sol brilhava bem forte no meio do céu azul e uma única nuvenzinha passava num canto, caso eles quisessem deitar na grama e brincar de adivinhar as figuras.

Foi isso mesmo que eles fizeram: correram pro gramado, deitaram e ficaram lá, de papo pro ar, comendo panqueca com geleia de morango e dizendo o que viam:

— Uma borboleta!

— Um pneu murcho!

— Uma galinha com pescoço de girafa!

— Não, não, uma girafa com corpo de galinha!

— Um homem barrigudo assoprando uma língua de sogra!

A princesa e o príncipe passaram o dia rindo, andando de pedalinho no lago, jogando videogame, girando na roda gigante do quintal, saltando do trampolim no fundão da piscina, brincando com os filhotes de cachorro, fazendo guerra de brigadeiros na cozinha e se divertiram muito.

À noite, depois de um jantar só de salgadinhos, assistiram ao segundo filme preferido deles, lá no telão, e foram pra cama contentes, sem nem ter que tomar banho, porque quando você é feliz para sempre a sujeira não gruda na pele, ela escorrega e vai direto pro chão, que nem água no vidro da janela. Dormiram abraçadinhos, torcendo para que o dia seguinte fosse igual.

E não é que foi? Foi. Assim como o outro. E o outro depois do outro e o depois do outro e o depois de depois de depois de depois de mil novecentas e setenta e sete vezes depois. Era sol brilhando, era céu azul, era nuvem passando, era banquete e brincadeira e filme que não acabava mais, até que aquele negócio de ser feliz para sempre começou a ficar meio monótono.

 Não tinha nada gostoso que eles já não tivessem comido cem vezes. Não restava filme que não tivessem assistido e reassistido, noite após noite, nem jogo ou brincadeira que já não tivessem brincado, infinitamente.

Pior: no milésimo trilionésimo quarto dia sendo felizes para sempre, o príncipe e a princesa estavam tão entediados que não conseguiam mais imaginar nenhuma figura na nuvenzinha no canto do céu. Eles deitaram na grama, a princesa olhou pra cima, fez um baita esforço, mas só soube dizer, cansada:

— Nuvem.

O príncipe concordou, bocejando:

— Nuvem.

E foi assim que eles descobriram que a felicidade também cansa.

— A gente precisa fazer alguma coisa! — disse a princesa.

— Coisa?! Eu não aguento mais fazer coisa! — respondeu o príncipe. — A gente já fez todas as coisas! Já pulou na cama elástica, já desceu no tobogã, já voou de balão, já rolou na duna, já fez guerra de frutas e de brigadeiros e de lama e de sopa e de tomate e...

— Não! Não! — interrompeu a princesa. — Não é esse tipo de coisa. É justamente o contrário! A gente tem que parar de ser feliz para sempre! Se não tiver uma infelicidadezinha de vez em quando, a vida perde a graça!

Então, deitados ali na grama, os dois começaram a se lembrar de tudo o que acontecia de ruim antigamente, mas que também tinha seu lado bom. Quando a princesa ficou doente e teve que tomar injeção, por exemplo: a injeção foi horrível! O médico disse que era só uma picadinha, mas não era, não. Doeu pra caramba! Só que depois da injeção ela e a mãe foram numa loja, e a princesa ganhou uma boneca. E ela gostou daquela boneca mais do que das outras, porque aquela boneca tinha consolado a sua dor.

Ao ouvir a princesa falar da picadinha, o príncipe lembrou dos pernilongos e dos borrachudos. Você acha que quando a pessoa é feliz para sempre tem mosquito? Claro que não! Os únicos insetos que existem são as joaninhas e as borboletas.

Até aquele dia eles achavam isso muito bom, não tinha zumbido na orelha durante a noite e, de dia, podiam ir pra praia e pra cachoeira sem nem passar repelente. Mas agora, pensando bem, até que era gostoso dar aquela coçadinha na canela, vendo TV, ou coçar o bumbum, na cama, enquanto a mãe contava uma história.

Olhando pro céu azul, a princesa sentiu saudade dos dias nublados e lembrou de um piquenique, uma vez, em que caiu o maior toró. Todo mundo se encharcou, e o pão virou quase um mingau, nem deu pra comer, mas depois que passou a frustração as pessoas começaram a rir e, já que não tinha outro jeito, resolveram aproveitar: saíram correndo na chuva e até as mães terminaram pulando nas poças, de sapato e tudo.

Animada com tantas lembranças, mas sem conseguir resolver a situação, a princesa sugeriu que fizessem uma reunião, um encontro com todo mundo que era feliz para sempre. Quem sabe, juntos, não conseguiam achar uma solução?

Os dois foram para a biblioteca do castelo, leram todos os contos de fadas que encontraram e anotaram os nomes dos personagens. Então fizeram uma pesquisa na internet, descobriram os e-mails e mandaram o seguinte convite:

De: princesa@castelo.flz * Para: todos
Assunto: cansado de ser feliz?!

No sábado, como de costume, eles acordaram só quando não tinham mais nem um tiquinho de sono para aproveitar, abriram a janela do quarto lá no alto do castelo e deram de cara com o dia mais lindo que já fez num conto de fadas. O sol brilhava bem forte no meio do céu azul e uma única nuvenzinha passava num canto, caso eles quisessem deitar na grama e brincar de adivinhar as figuras. Mas, naquele dia, eles não queriam, não.

Olá, se você não aguenta mais ser feliz para sempre e quer fazer algo a respeito, não perca a reunião no nosso castelo, sábado de manhãzinha!

Eles queriam era ir logo para a reunião. Desceram correndo para a grande sala de jantar, onde faziam os banquetes e viam filmes no telão, e começaram a receber o pessoal. Não faltou ninguém: Branca de Neve e os sete anões, Bela Adormecida e as fadas madrinhas, Chapeuzinho Vermelho, a vovó e os caçadores, Cinderela, Rapunzel, os príncipes, seus cavalos brancos e até uns dois ou três personagens de histórias que a gente nem conhece.

Pelo visto, a infelicidade com a felicidade era geral, pois todo mundo começou a reclamar ao mesmo tempo. Os anões e a Branca de Neve contaram que sentiam vontade de arrancar os cabelos cada vez que tinham que cantar "eu vou, eu vou, pra casa agora eu vou". Os caçadores estavam entediadíssimos porque fazia anos e anos que não tiravam uma avó da barriga de um lobo mau ou salvavam uma donzela em perigo, ficavam só bebendo chá e jogando dominó.

A Cinderela preferia ver a carruagem virar abóbora a ter que calçar mais uma vez aquele sapatinho de cristal. (E olha que ela adorava o sapatinho, hein?) Até os cavalos brancos dos príncipes tinham suas queixas e relinchavam lá fora, mas como ninguém ali sabia falar a língua dos cavalos, a gente nunca vai ficar sabendo do que é que eles estavam reclamando.

Foi no meio daquela balbúrdia que o príncipe teve uma ideia. Levantou e pediu um minuto de silêncio. Todos se calaram para ouvir.

— É muito simples, pessoal: o que a gente precisa é de um vilão! Temos que arrumar alguém do mal que atrapalhe a nossa vida de novo! Que traga risco e emoção aos nossos dias ensolarados e cansativos!

Foi a maior bagunça. Ninguém queria saber de gente má. A Branca de Neve gritava: "a minha madrasta não, pelamordedeus!". A Bela Adormecida dizia que preferia mil vezes ser feliz para sempre do que dormir para sempre. "Eu quero ser Bela Acordada! Não Bela Adormecida!"

A Rapunzel falou que se a trancassem outra vez numa torre, o príncipe que arrumasse uma escada pra subir: ela é que não ia deixar crescer de novo aquele cabelão. Demorava mais de uma hora pra lavar e dava um trabalho maior ainda pra pentear. A avó da Chapeuzinho, essa ficou revoltada: "Você só quer arrumar um vilão porque nunca foi parar na barriga de um lobo mau! É tudo escuro, apertado, melado e ele ainda tem um bafo que eu vou te contar!".

Depois de ouvir tudo aquilo, o príncipe se convenceu: era muito perigoso soltar as bruxas, os lobos, as madrastas ou as irmãs pezudas da Cinderela. Os felizes para sempre ficaram inquietos. O que é que eles iam fazer?

— Acordar amanhã e brincar de nuvenzinha é que não dá! — resmungou a princesa.

— A gente precisa dar um jeito nessa história... — murmurou a Cinderela.

E foi ao ouvir essa frase que a princesa descobriu a solução para o problema. Ela ficou tão empolgada, mas tão empolgada, que até subiu na mesa:

— Pessoal, já sei! A gente é feliz para sempre porque as nossas histórias terminam assim. E depois que uma história termina, nada de diferente acontece.

— Grande novidade! — disse o anão Zangado. — Mas como é que a gente pode mudar as histórias, se nós somos personagens e estamos dentro delas?!

A princesa já tinha pensado nisso.

— O que a gente tem que fazer é achar a pessoa que escreva as histórias a partir de onde elas terminaram! — respondeu a princesa.

— Um escritor! — gritou o príncipe, muito orgulhoso por ter se casado com uma princesa tão inteligente.

Todo mundo bateu palmas e começou a pular e gritar. Aquela era a solução perfeita. Só havia um detalhe: como achar um escritor? E como entrar em contato, se eles, que eram personagens, moravam dentro dos livros e os escritores moravam fora, no mundo real?

Meus amigos e minhas amigas, o que eles fizeram eu confesso que não sei. O que eu sei é que semana passada, domingo de manhã, estava aqui em casa lendo o jornal quando o porteiro, Nei, me chamou pelo interfone:

— Antonio, estão aqui uma princesa, uma meia dúzia de príncipes, a Chapeuzinho Vermelho, a avó dela, três caçadores, a Bela Adormecida, a Cinderela...

... a Rapunzel, a Branca de Neve, os sete anões e mais uns personagens que eu não conheço. Pode subir?

Eu achei que ele estava brincando, mas quando ouvi uns relinchos, olhei pela janela e vi lá embaixo um monte de cavalo branco amarrado no poste, percebi que era verdade.

— Pode mandar subir, Nei.

— E os cavalos? Não é melhor pôr na sua garagem?

Eu disse que sim e, um tempinho depois, fui atender à campainha.

Fiquei meio nervoso quando abri a porta. Afinal, não é todo dia que a gente recebe os personagens dos contos de fadas na nossa própria casa, mas tentei manter a calma. Pedi pra eles entrarem e ofereci um cafezinho. Eles também estavam bem ansiosos, querendo resolver logo suas histórias.

Entraram correndo, não aceitaram nem um copo d'água e foram explicando o problema. Quando terminaram, a princesa me perguntou:

— E aí, Antonio, você acha que pode ajudar a gente a não ser mais feliz para sempre? Diz que sim, diz que sim, diz que sim, vai!

Prometi fazer o possível e, vendo como eles estavam afobados, fui direto pro computador pra fazer uma lista de coisas ruins, mas nem tanto, e espalhar no meio daquela chatíssima felicidade.

— Vocês preferem dias de chuva ou dias abafados? — perguntei. — Acham melhor borrachudos ou pernilongos? Querem ralar o joelho, de vez em quando? Ou pisar num espinho? Quantos espirros por dia é o ideal? Três? Nove? Injeção, posso pôr?

Nesse ponto, todos concordavam:

— Não! — gritaram ao mesmo tempo. — Injeção não!!

— Tá bom — eu disse —, injeção tá fora da lista.

E depois de mais uma meia hora conversando com eles, achei que já podia começar a reescrever seus finais. O pessoal fez uma fila para se despedir e eu fiquei muito emocionado por ter conhecido personagens tão famosos. As moças eram lindas, e acho até que me apaixonei um pouquinho pela Cinderela, mas como ela era casada, preferi nem dizer nada. Quando eles saíram, voltei pro computador e comecei a escrever uma história que era mais ou menos assim:

Era uma vez um bando de gente que viveu feliz quase sempre. Ah, eles nunca vão esquecer o primeiro dia em que viveram felizes quase sempre!

Acordaram ao lado dos seus amados e amadas ainda com um tiquinho de sono, saltaram da cama meio mal-humorados e abriram a janela do quarto, lá no alto do castelo. Fazia um dia nublado, o sol brilhava atrás de umas nuvens e estava com cara de que ia chover.

Eles desceram correndo pro gramado, para ver se chovia mesmo, e foi a maior alegria quando sentiram as mordidas dos borrachudos, mas nem tiveram muito tempo para coçar as picadas, pois logo caiu um raio, estourou um trovão e começou um toró daqueles.

A princesa e o príncipe se abraçaram, a Cinderela e a Bela Adormecida saíram correndo, pisando em cheio nas poças, a vovozinha abriu a boca para beber a água que caía do céu; os caçadores ouviram alguém pedindo ajuda na floresta, com medo da chuva, e foram rapidinho salvar; os sete anões, de mãos dadas, resolveram cantar uma música nova, que era assim:
"não vou, não vou, pra casa é que eu não vou, lalaiá-laiá, lalaiá-laiá, não vou!"...

E a brincadeira só não foi perfeita porque tomaram tanta chuva que, na manhã seguinte, todo mundo acordou gripado, espirrando e com o nariz escorrendo. Mas e daí? A gripe passou depois de um tempo, como todas as coisas ruins sempre passam, e a partir daquele dia eles foram felizes quase sempre.